KB106868

여왕코끼리의 힘

여왕코끼리의 힘

조명 시집

민음의 시 145

민음사

自序

뒤 없는 행복감이라고 할까?
돌아서도 공허가 따르지 않는다
아무래도 시가 나를 받아 주는 듯
언어는 내 영혼의 유혹이며 혀 위의 아슬한 독
그 유혹과 독으로 인하여
나는 끝내 죽을 것이다
한 씨앗의 발아를 위해 껍질을 터트려 준
바람과 햇살이 있었다
개화와 낙화가 동체인 시적 형상을
한 번은 만나고 싶다
그대는 내게서 멀어질수록 푸르렀다

2008년 1월
조명

차례

22년 전 늦여름, 두 달 뒤의 죽음을 예고하며
내게 시 한 편을 유품으로 주신,
마치 희랍인 조르바 같았던 아버지께 첫 시집을 바친다.

문양석(文樣石)

구름 몸을 묻은 금강에서 보았습니다
강변으로 밀려 나와 주저앉은 돌들
저마다 다른 인연의 무늬들
가슴속 마그마 활활 솟구쳐 올라
돌의 몸이 용암이 되도록 껴안고 흐르던
그대와 나의 잠
그 뒤편엔 태양과 달이 있습니다
단 한 번 뜨거움의 정표로
몸돌은 무늬돌을 무늬돌은 몸돌을 살려 주는 문양석처럼
서로 깎고 깎이면서
우리도 무늬 하나 낳으며 가는 건 아닐는지요
수장되었을 때 더욱 선명하게 살아나는

모계의 꿈

할머니는 털실로 숲을 짜고 계신다. 지난밤 호랑이 꿈을 꾸신 것이다. 순모 실타래는 아주 느리게 풀리고 있다. 한 올의 내력이 손금의 골짜기와 혈관의 등성이를 넘나들며 울창해진다. 굵은 대바늘로 느슨하게, 숲에 깃들 모든 것들을 섬기면서. 함박눈이 초침 소리를 덮는 한밤, 나는 금황색 양수 속에서 은발의 할머니를 받아먹는다. 고적한 사원의 파릇한 이끼 냄새! 저 숲을 입고 싶다. 오늘 밤에는 어머니 꿈속으로 들어가 한 마리 나비로 현몽할까? 어머니는 오월 화원이거나 사월 들판으로 강보를 만드실지도 모른다. 그러면, 이백여섯 개의 뼈가 뒤틀린다는 진통의 터널, 나는 통과할 수 있을 것이다.

난산

말랑말랑,

연한 정수리부터 빠져나가야 할 세상의 관문 질에,

태아는 발부터 밀어 넣다 사타구니에 걸리고,

손을 들이밀다 갈비뼈에 걸리며,

태반의 늪에 얼굴을 묻고 할딱거리다가,

다이빙하듯,

다시 두 팔을 모아 힘차게 탈출을 시도해 보다, 휘청,

목을 젖히며 튕겨져 나와,

어둠 한구석에 웅크리고 주눅 든 주먹을 느릿느릿 빨다가,

오랜 시행착오 끝에 통찰의 눈동자가 열려,

그 동그란 두개골부터 부드럽게 진입시키는데, 아뿔싸!

때를 놓쳐 버린 머리는 점점 굳어

세상과 질과 태아가 동시에 악을 쓰는데도,

문이 열리다 닫히고 열리다 멈추는 바람에, 우불두불,

외계인처럼 일그러진 두상은 기형,

탯줄 끊기자마자,

안에서도 밖에서도 외면당하는 이런 탄생,

도처에 있다.

사비나* 프로그램

아이들이 문 앞에서 기다리고 있어요 사비나를 삼키지 마세요 마음이 사라지는 꿈속을 헤매다 소스라치는 날들, 노을 여울지는 수면에 살의가 흘러들어요 오늘은 심장이 빚어지는 날, 저는 온몸으로 알지요 피 흘리는 어둠이 영혼을 덮쳐요 제발, 사랑니로 햇살을 부수어 보내 주세요 제발, 실바람은 섬모로 걸러 타래 지어 보내 주세요 사비나를 삼키지 마세요 지금은 손가락이 피어나는 찰나, 당신이 삼킨 사비나가 혈행을 타고 손금을 입력해요 저는 벗어날 수 없어요 어머니, 조그만 하느님, 당신을 토해 내는 날숨을 연습해야겠어요 풀잎에 봄비 내리고 양수리 언덕에 꽃들 만발한다 해도, 사비나는 별의 염색체를 지워 버렸습니다 늦었어요

---

* 사비나(Juniperus Sabina): 노간주나무의 일종. 중세 초기부터 유럽에서 여성들이 사용하던 대표적 낙태 약 재료.

그대, 나의 연인, 샤키아무니에게

공, 공공, 하지 마세요. 욕조에 비스듬히 누워 당신을 생각합니다. 떠나고 싶었지요? 사라지고 싶었지요? 분홍 음경 납의(衲衣) 속에 죽이고 돌아오고 싶지 않으셨지요? 당신은 몸 안에 애기집이 없는 사람. 보잘것없는 정충들 양수의 바다에서 키워 본 일, 없지요? 대웅전 하늘 뒤집도록 뱃골 뒤트는 산통, 모르시지요? 그대 닮은 핏덩이 낳아 젖 물리고 살 부비는 색의 환희! 당신, 정말 알아요? 적멸, 적멸, 하지 마세요. 나는 그냥 살래요. 세속의 욕탕에서 절어 붙은 때 닦으며 그냥 살래요. 달빛 끌어당겨 애물단지들 또 만들며, 나는 그냥 살래요. 상을 다 지우라구요? 당신, 꽃 들판을 한번 돌아보세요. 다음 생에도, 그 나비들 내 몸을 통해 다 얼굴을 내밀 겁니다.

뻘에 낳다

마니산을 등지고 서서
관능으로 빚어진 가장 순결한 엉덩이들을
보네
달무리가 풀어내는 금구렁이들
엉덩이의 만다라 속을 헤집는 썰물의 밤을
보네
죽뻘에서도 태아를 키워 내는
그지없는 엉덩이들
달을 품은 달맞이꽃처럼
나는 마니산을 등지고 서서
산란처 찾아 뻘 구멍으로 밀고 들어오는 숭어들을
상상해 보네
불러 오는 배를 감싸 안고
아이의 엉덩이도 두드려 보네
오늘 밤, 달덩이가
강화의 모든 엉덩이를 데리고 섬들을 넘어가면
손 타지 않은 새벽이 다시
밀려올 거네

호두 생각

호두 한 알은 애초에 천왕성만 했을라 태양계 어디쯤 첫울음 터트렸을라 은하수 강변 무량상수 호두나무 호두, 태양풍에 쓸리며 무른 소갈머리 익어 갔을라 아무도 들여다볼 수 없는 껍질 속에서, 자전하고 공전하면서, 물렁한 것들 뭉텅뭉텅 덜어 냈을라 점점 작아지고 단단해지고 딱딱해지는 열매 호두, 잎사귀의 마음은 가없이 펄럭였을라 먼 훗날 호두 한 알 온전히 사라져 꽉 찬 저녁, 동양의 술청 플로르 탁자 너머 한 시인은 말한다 가장 단단한 세계를 가진 자만이 너울거리는 잎사귀를 가질 수 있다 가장 딱딱한 열매를 부드러운 녹색이 감싸고 있다, 둥글게— 우리 할머니는 애초에 해왕성만 하셨을라.

동굴 환상

그 현무암 동굴은 거대한 골반 같았습니다
해 맑은 날 무인도에 와서 보았지요
낯익은 울음소리 철썩이다가
소용돌이로 빠져나간 바닷가 동굴
내벽이 쩍쩍 갈라지고 군데군데 진흙이 패어 있었어요
죽은 따개비들 덕지덕지 붙어 있는 컴컴한 벽을
갓 난 섬게 몇 마리 오기작거리는
45억 년 동안의 거짓말 같은 텅 빈 순간
햇빛이 동굴 안 깊숙이 들어왔습니다
아린 햇살들이 산란하며 짜는 금빛 손바닥
나는 꼼짝할 수 없었지요
태양은 상처를 중심으로 돌고 있는지
둥그스름한 파장이 동굴 벽을 어루만지며 돌아갔어요
언젠가 부실한 우주의 자궁에서
발이 지워져 버린 아가들 자박자박 걸어 들어오는
피와 살이 헐고 터져 버린 자리마다
새살이 돋아나는, 환(幻)

문득, 열린 입구를 통해 보았습니다

노란 수평선 안쪽에서 깔깔거리며 놀고 있는
발 없는 어린 돌고래들을

여왕코끼리의 힘

보아라, 나는 선출된 여왕이므로 곧 법이다
가장 강한 그대는 우리들의 길잡이, 나의 남편이 되어라
선두에 서서 몸 바치는 백척간두의 생
최고의 건초와 여왕의 믿음을 받으라
행여, 그대가 독불장군의 힘을 믿게 된다면
나는 뭉쳐진 무리의 힘을 사용할 것이다
짓밟힌 만신창이로 추방될 것임을 미리 알라
두 번째 강하고 매력적인 당신, 그대는 여왕의 경호원 애인
나의 배후에서 우리들의 길잡이를 견제하라
달콤한 건초와 은밀한 사랑을 받을 것이다
그대 또한 징벌의 본보기가 될 수 있음을 잊지는 말라
부드러운 경고는 두어 번뿐이다
우리는, 씨방을 말리는 건기의 샘을 찾아가는 여정
나의 무리들은 모두 기억하라
한 마리 코끼리의 목숨을 위해서라면
나는 너희들과 함께, 젖줄과 숨줄과 힘줄로 한 덩어리 되어
한 마을을 초토화할 것이다
천둥과 폭풍과 해일을 넘어서는 힘으로
그리하여 우리는, 한 조각 정신의 이탈도 없이

생이 버거운 너무 커다란 몸뚱이를 뚜벅이면서
종족 보존, 그 운명적 목표를 위한 젖샘에 도달할 것이다
그날의 노을은 유독 붉은 핏빛이 아니겠느냐
공룡은 죽고 코끼리는 살아남았느니라

한 무리 사자가 한 마리 코끼리를 어려워한다
온갖 초식동물들이 코끼리와 더불어 한가롭다

나무의 가족사
— 내 동생 조영수에게

바람 없는 날 없네 햇살이 물관을 따라 고동치는 날들 딱,
딱, 딱, 때도 없이 나이테에 구멍 내는 놈 이 꽃 저 꽃 나풀
대다 저물녘에야 기어들어 날개 접는 놈 포르릉 포르릉 끝
도 없이 세상의 소식 날라 오는 놈 온몸이 자가 되어 우주
의 표면적만 더듬거리는 놈 쓰라리네 쓰라리네 한 생을 울
어 젖히는 놈 종일 빨빨대며 제 몸보다 큰 시신 조각들 물
어들이는 놈 늘어지게 낮잠 자고 밤에만 눈 밝혀 숲의 비
밀을 끼적거리는 놈, 놈들, 피붙이들이네 물오름 바람에 물
오르지 않는 놈 없네 소슬바람에 스러지지 않는 놈도 없네
가지에서만큼 뿌리에서도 나무의 가족사는 덧없이 무성하
게 뻗어 나갈 거네 우리네 할아버지와 할머니 아버지와 어
머니가 그러하였듯.

산맥

여신이
이 마을의 사회와 저 마을의
사회에
다산(多産)의 엉덩이 하나씩 걸치고 눌러앉아
이야기하고 있다
마을 사람들
더러는 못 알아듣는데
못 알아듣는 이의 목소리가 더
크다
그래서, 여신은
인간의 귀를 키우기 위해
점점 작은 목소리로
반복한다

라일락 그늘에서

천 개의 붉은 심장에 암초록 쓴물 들도록
아파 보았느냐
밥 못 먹고 잠 못 자고
라일락 그늘에서 피임약을 삼키는 풀잎머리 소녀야
하트 모양 잎사귀 접어 어금니에 올려놓고
꽈악, 깨물어 보아라
쓸개즙 터트리는 사랑의 통증 어디에서 오는지
귀 기울이면
깊고 푸른 사월 하늘의 물방울들이
몸이 원하는 대로 사랑을 나누는 소리
쓰디쓴 잎사귀들 사이사이 은하의 물결로 흘러간다
슬프게도 우리는 땅에 속한 것들
화무십일홍 일장춘몽 구구히 노래 부르며
숱한 중앙선을 그어 놓고 애써 지키려는 생물이구나
한봄의 그늘에서 피임약을 삼키는 풀잎머리 소녀야
먼 훗날
노인학교 시절 꽃그늘 벤치에도
약을 삼키는 늙은 청춘들 앉아 있다더라
흙 속으로 꺼져 드는 사랑을 앓으면서

투신, 그 후를 꿈꾸며

저물녘,

구름바다에 타원형 무지개가 둥지를 틀면, 몸을 던지는 거
다. 너는 점보 여객기의 좌측 날개, 나는 그 우측에서. 우리
는 죽고, 우리는 별을 만드는 거다. 백련사 동자승이 동정
을 바치게 될 하얀 연꽃 한 송이. 그때 우리는 서로, 동자
승이다.

새벽녘,

세상의 수평선에 베이비 블루와 베이비 핑크가 물들 때,
아마도 우리는 별을 낳지 않을까. 사르릉 사르르릉 우리들
의 아기별 이쁘게 띄워 올리면, 서로 올려다보며, 처음의
눈빛으로 사랑하지 않을까. 몸을 던지는 거다. 너는 점보
여객기의 동편, 나는 서편에서.

프리즘

묵직하고 신비로운 장난감이었다.

마음을 만드는 수정 삼각기둥. 눈에 대고 보면 뭉게구름의 가장자리나 일개미의 촉수에서도 무지개가 피어났다. 열세 식구의 희로애락들 그 기둥을 통과했다면, 눈부시지는 않게 빛의 스펙트럼을 얻을 수도 있지 않았을까.

아버지의 공장에서는 인조견을 짰다.

밀려드는 황금빛 노을 속에 서서 맨살에 대어 보면, 미모사의 숨결이 스며들었다. 비바람과 좀벌레들을 견디기엔 너무 연약했던 인조 비단. 그러나 프리즘 너머 아버지의 공장에서는 세상에 없는 생비단을 짜고 있었다. 바빴다, 늘 말수가 적었던 어린 종달새. 푸른 물을 들이던 무쇠 염색 가마에서 무지개 피어오르는 둥근 수평선을 보는 일, 불룩한 쌀독의 둘레에서 산등성이를 찾는 일들.

아버지가 건네주신 프리즘을 만지작거리며
나는 혼자 놀곤 했다.

아버지의 인조견이 더 가볍고 질긴 나일론에 밀려 사라지던 날, 유품이 되어 버린 첫 번째 선물. 무지개 피어나던 수평선과 산등성이도 천천히 나를 떠나갔다. 오늘 근시 안경을 끼고 모니터를 들여다보다가 문득, 생각한다. 아버지의 품속으로 놀러가고 싶다. 빈 쌀독과 녹슨 염색 가마에서 흐려지던 것들의 소맷부리를 가만히, 당겨 보는 것이다.

기린

그는
열대
우림은
피해가
며삽니
다/쩍쩍
갈라지며
타들어가
는마음/살
거죽까지
배어나오는
건기의하루
를/아껴가며
살아요/뭉게
구름위의안목
으로구슬픈울
음소리로/높고
먼것들을당겨/
오물오물씹으며

살아가지요/야생
의안광을이글거리
며/표범이공격해오
는한낮/휘파람으로
어린것을불러들일줄
알아요/조그만머리와
비밀의열쇠가들어있는
기다란목으로/기품있게
싸우며사바나를살아가지
요/하늘로솟은네개의뿔혹
/누구를들이받아도/피흘리
는상처를남기지는않습니다

/내가텅빈어둠덩어리인날/
스카이라인너머구름위에서내
려다보던/나의기린은요/바람
인듯휘파람인듯달려/내안으로
들어서기도합니다/아프리카가
통째로따라들어와붐비는날이에
요/기린좌는내그리움의은하수저
쪽에/언제나처음처럼/서있답니다

서울 일출

내 안의 뿔 달린 노란 짐승이 동해 물무덤을 찾아갑니다. 절벽 위에서 수평선까지 길어진 탯줄을 울면서 끌고 갑니다. 암청색 물결과 암회색 하늘 사이, 일출을 놓쳐 버린 해들의 수장터. 어두운 바닷속 태양의 부력이 억년 침묵의 수평선을 밀어 올립니다. 부풀어 오르는 슬픔의 만삭. 어금니로 탯줄을 끊어 버리면 바다가 노랗게 물들겠네요. 구석기 시대 여자였다면 주먹도끼 들고 치자 빛 핏물을 튀겼겠지요. 돌도끼로 침묵을 가르면 태양의 날개가 펼쳐질까요? 다시, 새벽 빌딩들을 밀어 올릴까요?

그 여름 범고래

나는 늘 유리 문 안에서 서성거리는 존재였다
안개비 자욱한 해안 도로를 달리며
범고래의 바다를 생각한다
만을 비우며 유유히 곳을 열고 나아가는 파문
차 안에는 부레도 지느러미도 없다
영산강, 17킬로미터 하구
커다란 잎사귀들이 표지판을 흔들며 펄럭인다
불온한 바람이 여름의 강어귀를 어슬렁거리던 저녁
권태로운 한 녀석의 우주적 창조성이
가슴지느러미를 탄생시킬 꿈의 파동을 일으켰을까
그때, 하늘의 별자리는 스스로 띠를 풀어
너울너울 흘러가고 있었을까
멀리 육중한 물류 창고 쪽창 안 불빛이 환하다
쌓여 있는 신상품에서 피어나는 아가미의 꿈?
갈깃머리 사춘기 아들은 차창을 닫은 채 `
문자 메시지를 끝없이 전송하고
시뮬라크라 시대의 글자들은 어디론가 날아간다

그 저녁, 진흙에 뿌리내린 끈끈한 갈대들
오늘처럼 온몸으로 고개를 저었겠지만
그렇다, 젖먹이 동물의 첫 바다는 기어이 열리고 있었다
오래 참았던 큰 숨을 드넓은 하늘로 뿜어 올리며

야광충

희고 무거웠던 뼈가 검고 가벼워지는 밤이다
어둠 깊을수록 발광하는 거대한 플랑크톤들
쾌락의 밤물결에 몸이 쓸릴 때마다
심장 속 빛의 과립은 알코올에 젖어 타오른다
내일 거식과 불면이 밀려올지라도
오늘 사나운 비를 알몸으로 맞으며
달아오른 육체는 스모그 같은 영혼을 잠식한다
더운 피 흐느적거리는 적조의 밤
고독한 야광충들은 환락가 골목을 부유한다
니코틴 중독의 폐부에서 끌어올린 발성의 토악질
허무를 먹고 부풀어 오른 뱃속 공명통의 폭발
밀폐된 자유는 억눌렸던 성대를 허공으로 열어 젖히고
행복감은 무한대로 증식하며 재앙의 예감을 증폭시킨다
누워 있는 마음의 적나라한 치부를 덮어 주면서
안개비가 가로등 불빛을 부드러이 삼키는 새벽녘
여리고 순결했던 야광 플랑크톤들이여
투명한 외촉수 길게 뻗어 헝클어진 머리채를 빗어라
의식의 과잉으로 발정난 도둑괭이들아
쓰레기 자루에 기대 잠든 술꾼의 품에서 빠져나가라

총알택시 바퀴와 아스팔트 사이에서
아득히 들려오는 멀고 먼 물개 울음소리

총알택시 바퀴와 아스팔트 사이에서
아득히 들려오는 멀고 먼 물개 울음소리

눈보라 속에서

눈발이 사나워졌다
첫 지하철이 이마에 불을 켜고
터널 속으로 아득히 사라지는 새벽
콘크리트 빌딩과 유리 벽, 텅 빈 아스팔트 거리를
백색 언어들이 몰아친다
얼어붙는 사색의 극점에서 타오르는 열정의 적도까지
한 백 일쯤 눈이 덮인다면
나는 옛 언어의 거대한 흰 지붕을 머리 위에 얹으리
열세 식구가 한 이불 속에서 포개지던 시절은 따뜻했다
그래도, 나는 어린 연금술사였다
무변의 대설원
일필휘지로 달릴
한 구절 황금 털 야크가 나는 그립다, 명치가 아프다
전화를 움켜쥔다, 아니다
은산철벽을 속가슴에 녹이며, 몸으로 간다
모르게 흘려 버린 검은 하수도에 연금로를 띄우고
잊었던 시원의 파르스름한 빙하를 거슬러
태생적 연금술사이고 싶은 백치 연금술사가 간다
처음부터 있었고 어디에나 있다는

신성하고 은밀한 순금의 맥을 찾아
컴컴한, 나를 가르며 들어간다

연금로(鍊金爐)

여자가 여자에게로 면면히 물려주는 유품입니다

티라노사우루스의 이빨이 들어갑니다
칭기즈칸의 창, 나폴레옹의 칼,
히틀러의 전차포, 루스벨트의 핵폭탄,
식민지에 복제 인간을 대량 사육하고 싶은
남자의 채찍들이 들어갑니다

수천만 년 불뚝이는 육식성 근육질들
무쇠 가마 안에서 물엿 끓듯 오래 달여져
펄죽펄죽, 퍽, 퍽,
연금로 안에서 공기 방울을 터트립니다
뎅글뎅글한 햇살들이 터져 나옵니다

붉은 해저궁 같은 연금실 공간에
순금 노을이 햇살을 굴리며 여울질 때

거름망을 통과한 사내아이들이 걸어 나옵니다
순한 쌍떡잎 언뜻언뜻 비치며

·························· 그럼에도
역사는 전환점에 다다르지 못한 것 같고,

들춰 보면 늘 고통의 벽화입니다
퉁겨져 나올 듯 어깨뼈가 불거진 아프간 아이들
조막손이로 줄줄이 태어나는 체르노빌 아이들
철조망을 붙잡고 사라진 지평선을 내다보는
킬링 필드의 아이들, 이 세상
모든 어머니의 아이들

나는
연금술 이론 자체를 엎어 버릴까, 말까, 생각합니다
이미 내벽이 얇아지고 군데군데 헐어 버린
오래된 연금로를 깃털 없는 어깨 위로 치켜들고

파도의 진화론
── 동해에서

그리하여 너의 정수리에서는 해당화가 피어날 것이며
신생의 박동새는 수평선 너머를 노래할 것이다

백두대간의 절벽아!
나는 진화하기 싫어하는 너의 두개골을 때린다
썰물로 억년을 생각하고 밀물로 억년을 달려와
온몸 던져 깨지면서
옳은 진화를 위한 경전을 새기기 위함이다
정지된 살점은 파내고 살아 있는 뼛골은 돋운다
화강암 가슴팍과 흑요암 두개골을 1밀리미터 파는 데
억겁의 생이 돌아간다 할지라도
어제 같은 오늘은 죽은 내일이다

너의 척추에 골반만 한 상실의 구멍이 뚫린다면
연인을 태운 배가 노을을 밀며 들어설 것이다

우리 별의 몸뚱이가 통째로 타오르던 날 있었다
우리 별의 정신이 칠흑 어둠의 냉기로 식어 가던 날 있었다
우리들의 별이 마지막 입김을 하늘로 토하던 날

하늘은 새로운 물질의 비를 내렸다
그때 깊은 상처의 골짜기에 바다가 있었다
누가, 스스로 새로워지는 생명을 잉태하고 낳아서 길렀겠느냐
출렁이는 생명의 품에서 몸을 일으켜
백색 갈기를 세우고 돌진하는 나의 포효는
바다의 사자후가 아니겠느냐

백두대간의 절벽아!
진화에서 밀려난 너의 두개골 가루를 박차면서
아이들은 눈부신 날갯죽지를 펼쳐 해변을 날아오를 것이며
어른들은
발바닥 밑으로 무너져 내리는 모래의 소리를 들을 것이다

남회귀선을 넘어

—— 헨리 밀러 씨에게

태양이 하늘 정수리에 박혀 이글거릴 때
수직의 태양 아래 섭니다
남회귀선을 넘어
항구의 품을 떠나온 지 오래되었습니다

여기는 적도직하(赤道直下), 이 선을 넘으면
구릿빛 욕정의 근육이 번들거리는 늦여름에서
알몸이 성스러운 초겨울로 들어갑니다
봄날의 꽃과 가을날의 낙엽은 이미 까마득한 전설

뱃사람들이 긴 칼로 덤불 수염을 깎아
파도 위에 참회의 희생 제물로 던지고
서늘한 턱을 치켜드네요
늙은 선장은 흰 모자와 백구두의 위엄으로
수평의 갑판에서 어린 선원들 머리에 독주를 붓습니다

바다의 신과 하늘의 신이 한통속이 되어
적도무풍대(赤道無風帶)에
천둥 번개 소낙비 세례를 내리실 때

크로스 더 라인

크로스 더 라인

심연의 물안개 속에서 인어들의 노래가 들려옵니다

군산항에서

해풍이 오후의 골목을 빈둥대고 있다. 한 사내가 '악마의 유혹'을 들고, 어린 여자의 침실에서 기어 나온다. 국물이 마르는 쓰레기 자루 곁, 도둑괭이가 한쪽 눈을 벌렸다가 그냥 덮는다. 질척이는 선창을 돌아 나올 때에는, 생업의 회칼로 정갈한 살점만 저며 내는 여인들 옆, 너덜너덜한 내장과 대가리를 구걸하는 갈매기들의 평화도 있었다. 눈물 어린 가락이 질기게도 어울리는 선술집 쪽뜰, 벌레 먹은 달리아 꽃 씨방 속으로, 호박벌 한 마리 땀 흘리며 꿀관을 들이밀고 있다. 창 너머 사내의 흐리멍덩한 눈에 조용조용 흔들리는 배들의 정박. 너무 오래되었다. 밤새 거품에 취한 사내가 어머니의 태를 찾아 사창의 궁으로 돌아갈 때, 성당에서 새벽 기도를 마치고 돌아오는 늙은 포주 왈, "탯줄을 끊을 때가 되았제."

얼굴들이 바다를 건너올 때

— 교토 고려사 태연(泰然)스님은 이 유골들을 비무장지대에
안장시키겠다고 40년 전 서원했다고 한다

억장으로 덮어 주고 싶은 얼굴들이다
부산행 야간열차를 타고 연락선 흥안호를 타고
불안이 일렁이는 바다를 건너갔던 얼굴들
전장에서 군수품 공장에서 정신대에서
배고픔과 추위와 매질로 죽어 간 얼굴들
신사와 절간 납골당 구석 깨진 항아리 속
독수리들 선회하는 천오백여 군데 황량한 벌판
바람에 쓸리며 퍼석퍼석 저물어 가는 얼굴들
황군복 안주머니 깊숙이 나달나달 해진 채
흰 저고리 검정 치마 펄럭이며 열도를 헤매는 얼굴들
하늘을 할퀴며 죽은 후에도
속절없이 꽃물 든 손톱을 하고 밤하늘을 떠도는 얼굴들
바다도 땅도 당신도 나도 알고 있는
북해도 철로의 침목 수만큼 늘어놓을 수 있는 얼굴들
검은 꽃은 검게 흰 꽃은 희게 비춰 줄 피붙이들
눈물과 함박웃음 더함도 덜함도 없이 피어날 살붙이들
굼실굼실 그리움 무너져 내리는 현해탄을
오늘 밤도 이슬 안개 흰 꽃잎으로 건너오는
억장으로 덮어 주고 싶은 얼굴들이다

암벽등반

장엄한 바위 절벽 적막한 가슴팍을 안으며
심장은 파닥인다
사랑은 수직으로 타오르다 수평으로 사위는가
암벽을 오르다 스러진 이슬방울아
바윗장 아래 수평선처럼 누워 말이 없구나
풍화하는 암벽의 무심함을
손톱으로 당기고 발톱으로 밀어내며
나는 깨달음을 넘어서는 사랑을 열망한다
독수리의 뼛골처럼 단단한 가벼움으로
흉골을 비우며 기어오르는 네 발 보폭 안에서
고도감이 꽃잎을 벌리며 피어나는 순간
아마도 나는 갈망의 손을 놓아 버리리
마침내 돋아날── 날개!
신발 끈을 다시 한 번 조여 매는 중턱에서도
함부로 올려다보거나 내려다보지는 않으리라
구름 덩이 흘러가는 하늘 아래
허무의 심연이 다시 끓어오를지 모를 일
암벽을 오르다 스러진 친구야
날갯죽지 아래로 지금 구름바다가 출렁이느냐

손톱 밑에 맺히는 핏방울

오늘도 나는 막막한 암벽에 다시 붙는다

M에게 보내는 편지

히말라야에 가신다구요
흰 눈과 검은 바위뿐인 정지 화면 속으로
들어가십니까

형, 칼바람 설연 속 그 북벽
침낭 속 깊숙이 한 마리 북극곰처럼 엎드려
하룻밤을 오롯이 보십시오
맞은편 설산 물들이는 황혼
입 벌린 허방이 울부짖는 어둠
간밤 숨결 얼어붙은 텐트 안쪽에
천 송이 성에꽃 피워 내는 여명을 하나의 생애로
뜬눈으로 보십시오
(금빛 여명과 만나는 설봉은 얼마나 순정한가요?)
그 하룻밤 파노라마에
우리가 영원을 꼬집어 볼 수만 있다면
형, 빙벽에서 산화한들 어떻습니까

만년설 밑을 흐르는 허무의 빙하를 가뿐히 건너
소멸과 생성의 굴렁쇠를 어린아이처럼 굴리며

꼭 돌아오십시오

각질 벗겨지는 얼굴과 처음의 눈빛을 부럽게 바라보며

서울, 이 묘한 베이스캠프에서

쇠주잔에는 내 관념적 히말라야도 녹일 겁니다

형, 노트북 모니터 속에 히말라야를 짓는 밤

창밖 네거리 포장마차 불빛에

눈발 붐빕니다

마차부자리의 별

그 후 나는 거기에 갔습니다
중미산 천문대는 산정에 있지 않았습니다
어둠 속에 들어앉아 있었지요
별을 들어 올리는 크레인, 천체망원경이
광년의 시공을 당겨 보여 준 별
내 심장을 들이받은 날개 달린 염소, 카펠라
그는 마차를 끌고 밤하늘을 달리며 속삭였습니다
겨울이 일어서고 있어, 겨울이!
대지는 흰 서릿발을
고드름은 고독을
나뭇가지들은 까만 앙상함을 내밀며 발돋움했지요
항성들은 겨울밤 더욱 빛을 발합니다
우리가 무너져 내리는 가슴으로 올려 보낸 것들
어린 별로 태어나
얼어붙는 밤 먼 길을 떠나왔으니까요
가까운 미래에 당도할 나의 별들
나는 봄밤의 침묵 속으로 들어앉힐 겁니다

바람의 페이지

헐렁한 가방 메고 교보문고 가는 길
초겨울 바람 속 광화문 거리
소음과 스모그가 뒤엉켜 구르는 곳
경복궁, 종합 청사, 노점상들 그리고 서점들
그 이름과 꿈 들을 부정하는 거대한 폐허
바람에 허물어지지 않는 것은 없었다
먼 석양의 뒤편에서 무너져 내리는 빌딩들
후미가 뭉개진 채 달리는 자동차들
위대함 저속함 우스꽝스러움 들이
끝 모를 잿빛 속으로 실려 갔다
마른 이끼 뒤덮인 승강기를 타고 하강하며
그 밑에 웅크린 수백만 권의 침묵이
폐허의 중심은 아닐까, 생각해 보았다
뒷덜미가 반쯤 유실된 사람들 어슬렁거리는 지하 서점
한 노파가 두툼한 종이책을 넘기고 있었다
은가락지 속의 앙상한 약지
바람과 햇빛에 깎여 사라지는 것들을
떠나왔던 처음의 침묵에게로 다 보내 줘야지
등허리가 자꾸 허전하다, 이런!

마이너스

고서는 한 구의 숨 쉬는 미라
그 늑골과 늑골 사이에 궁금한 코를 박는다
마이너스로 자라나는 내 코
덜그럭거리는 골각들 징검돌로 밟으며
이끼 옷 푸릇한 바위 계곡을 내려가면
황혼의 바다, 홀로
너덜너덜 지느러미 저으며 고향을 찾아가는
마이너스 일곱
울울창창 깊어 가는 상처의 숲을 이루며
고물거리는 눈앞의 어린것들 먼 시선으로 품는
마이너스 일흔일곱
햇발 역류하는 한낮의 분화구에 양귀비꽃 불태우는
마이너스 일백일흔
풋사랑 분홍 구름 피어나는 아침노을 아래
돌아보며 지저귀며 서로 날개를 스치며
무지개 타고 미끄러지는 마이너스 이백일흔
모든 그들은 나를 아는 듯하고
나는 그들을 알 듯 말 듯하고
이승에서도 나는 거꾸로 자라

처음과의 소통이 점점 가까워지는 듯
새벽 지평선 넘어 물방울 속의 아이들 달려오는
마이너스 오백일흔의 박동 소리

무테안경 코에 건 저 고서점 주인은
플러스 일흔 몇? 호오!

섬, 혹은 어느 별에서

오늘 그 섬으로 건너갔다
폐부를 말리는 바람이 밀려들 때마다
멀리 휘어 돌아 수십 번 찾아갔던 황산 뻘
초록 목관을 쓰던 여왕의 무덤 같은 섬

장화를 벗어 들고 맨발로 처음으로
무언가를 빠트리며 뭉개며 막막히

갯바람에 쏠리는 나무들 밑에는
별무릇꽃 아직도 무리 지어 살고 있었다
아득히 썰물과 밀물의 경계에서
바다 파이프오르간 소리가 들려왔다

낮달이 구름 공중을 지나 수평선 뒤로 이우는 동안
나는 온몸을 맡기고 흔들리는 그늘의 무엇

잠깐 동안 머물렀던 섬, 혹은 별
과거의 별에서 더 오랜 과거의 별로
나는 오늘 돌아왔다

별빛보다 더 가까운 별빛들 명멸하는
아버지와 아들이 다리에 다리를 걸치고 잠든
여기는 언제 적 고색창연한 별인가

산굼부리의 종마

휴대폰을 끄고 현무암 벽돌집을 지나 살며시, 맨발로 들어섰지요. 어스름 굽이치는 억새 언덕에서 홀연히 지워지던 길. 붉가시 덤불 아래 깊숙한 분화구에는 은하수 같은 안개가 서리고 있었습니다. 백만 년 후에도 사랑의 숨결은 남는다는 이야기. 아득히 사라진 길을 걸어가는데, 꿈같았지요? 말 한 마리 가만히 달을 올려다보고 있는 거예요, 날아갈 듯 갈기가 타오르면서. 오름을 울리던 박동 소리. 나는 신발을 내려놓았습니다. 그때 검은 목덜미를 흐르던 달빛이 나를 끌어당겼을까요? 가까이, 젖은 눈에 피어나던 월동백! 애기백동백꽃을 잉태하고 싶었습니다, 백만 년을 달려와 달을 우러르는 눈이 커다란 종마와 함께.

사랑, 태고로 가는 꿈

탐험대원들은 모두 둥근 지평선 너머로 사라졌어요. 나이를 알 수 없는 백호와 나만 남겨졌지요. 슬라이딩 화면에 계절 바뀌듯 초록 대평원이 탈색을 시작할 때, 마른 바람결에서 옛 사원의 냄새가 났어요. 고색(古色)의 피로감이 밀려왔지요. 너럭바위에 누워 백호의 팔을 베려 하자 그는 점잖게 나를 밀어냈습니다. 다시 품속으로 파고들자 가만히 내려다보더니 나를 안았어요. 고독한 절간, 그의 상체는 낯익은 남자의 맨살이었습니다. 호랑이 가슴뼈가 참 앙상하다고 느꼈을 때, 뼈 하나가 심장 깊숙이 박혀 오고 있었습니다. 나는 알아 버리고 말았지요, 창연(蒼然)한 통증을 간절히 품으며.

수묵화

저 빙산을 문진으로 써야겠다
이게 내 비밀스러운 연애의 시작일까
술에 취한 남편은 잠이 들고
지금은 한 큰 봄이 만삭의 배로 호흡하는 밤
달아오른 마음의 화선지 위에 너를 앉힌다
꽃은 첫 마음으로 피어나는 법
텅 빈 백색 안에 열대의 상사화를 그리는 순간이다
여기는 어디쯤일까
얼음과 불이 뒤엉켜 수액이 끓어오른다
해와 달은 얼마나 흘러야 할 것인가
한 송이 꽃을 남기고 무한 속으로 사라질 때까지
하룻밤에 한 생의 얼음산이 녹는다?
벌써 빙산의 그림자가 짧아지고 있다
꽃샘바람이 창밖 물오른 나뭇가지를 흔들며 달려간다
오늘 밤 은밀한 탄생의 문이 열리고
이슬이 비치기 시작할까
내일 아침 봄 아닌 것이 없을 것이다

그러나 먼 훗날 누구에게도
내 하룻밤의 상사화는 이해받지 못할 것이다

섬에서 섬에게

황소국 꽃떨기는 시들어 주저앉고
누렁소는 오늘도 되새김질 중입니다
농부가 묵은 갈대밭을 태우는군요
갈대는 텅 빈 속을 오그라트리며 활활 타올라
재 된 비명으로 바다를 찾아갑니다
뻘밭, 균열이 깊어요
숭숭 뚫린 구멍마다 진흙 숨결이 터져 나옵니다
갈매기들이 뻘을 차고 날아올라
기울 듯 기울 듯 머리 위를 선회하고 있어요
(조금, 무섭네요)
이제 우리는 통화권 이탈 지역
외딴섬 낯선 고인돌에 걸터앉아 외딴섬을 생각합니다.
멀리 수평선이 내려다보여요
명치를 찌르는 파편들 눈부시게 반사합니다
기억하시죠?
눈동자를 물들이던 하늘과 사월 바다의 장밋빛 애무
그런데 왜, 갑자기 온몸이 진동하나요?
핸드폰?
기다림은 아직 깊숙한 주머니 속에서 따뜻합니다
얼음장 같은 그대의 혀는 언제나 풀리려는지

구름집

구름집이라니요? 그대 가슴팍에 한쪽 볼을 대고 앗득, 깨달았지요. 발이 떠오를 듯 기우뚱거립니다. 구름 속에서 만져 보는 그대, 해조류 질감의 액체라니요? 나는 새파란 열대어가 되었는데요, 지구의 중심, 그대 가슴속 검은 돌에서 피어나는 치사량의 꽃노을도 만났는데요, 화아아, 펄가루를 뿌려 드리고 싶었답니다. 그 펄꽃노을 듬뿍 찍어 보디페인팅을 하고도 싶었답니다. 만약, 그 구름집 나만의 것이라면……

구름창에 달빛 밀려드는 밤들 자꾸, 그냥, 지나갑니다.

그러나

사랑…… 그렇네

사랑…… 그러나

사랑…… 그러나…… 그렇네

사랑…… 그렇네…… 그러나

예감
— 월영(月穎)을 생각하며

비로소 그대의 프러포즈를 받았네
그것은 봄비 내리는 들녘을 통째로
선물받았다는 뜻
머리카락이 젖을 때부터 상상은 시작되고
빗발은 가슴을 밟아즈리네
몸 밖으로 먼지가 풀풀 날아가네
겨우내 바위산을 홀로 서성이던 외뿔 짐승은
털갈이를 마친 턱을 우아하게 치켜들고
컴컴한 동굴 속에서는 금갈색 껍데기를 깨며
햇숨결이 들려오기도 하네
손바닥이 간질거리고 주먹이 근질거리는 일이네

비로소 그대의 사랑을 받았네
그것은 장대비가 푸르름 물큰대는 품을 열어젖히는
활엽수림을 고스란히 선물받았다는 뜻
눈꺼풀 열리고 태양의 더듬이 자라나
마지막 날갯짓을 접을 때까지
나는 한 생의 비를 하룻밤에 맞았네
그것은 깊이 잠들었던 영혼의 난소를 깨우는 일

아득히 둥근 우주의 태반에서는
물방울 터트리면서 고물대는 것들이 생겨나네
달아오른 심장의 판막을 두드리면서
돌고래 같은 아이가 파닥파닥 날아오르는 소리

그대와의 사랑이 깊어지는 일이란
그러나, 그렇네
진눈깨비 날리는 어느 해역의 겨울밤
빈 별자리 찾아 홀로 종소리를 들으라는,

장미 사원

그 지점에서
발버둥치는 쥐의 배를 흰 장대로 눌러
죽이고 있었습니다
황량한 바람이 불고 노랫소리가 들려왔어요
먼지투성이 들판처럼 뒤집힌 뱃가죽
검독수리 그림자가 선회하고 있었습니다

살려 주셔서 고맙습니다
한 소년이 내게 속삭였어요
뒤엉킨 거미줄을 헤치며 구급약을 찾아 헤매는 동안
소년은 뱃가죽을 펄럭이며 미소 짓고 있었습니다
자연 치유의 궤가 운행되고 있는 것 같았어요
어디론가 전화를 걸었지요
포성과 행진곡과 아비규환의 절규들이 들려오고
지금은 약을 구할 수 없다고
누군가 소리쳤어요

자명종이 울렸습니다

그 지점에서
나는 고층 유리호텔 테라스에 서 있었습니다
나의 당신은 대로 건너편 버스 정류장에 서 있었구요
스모그 때문에 이목구비가 희미했으나
그 쥐와 그 소년이었지요
자동차들은 차선을 따라 묵묵히 굴러 가고
나는 단숨에 뛰어 내려가 횡단보도를 한없이 달렸습니다
불현듯 시야를 가로막던 오래된 사원,

머리 위에서 불 밝힌
코끼리 심장만 한
갓 피어난 핏빛 만다라의 장미꽃들!

다시 달려가다가
아름드리 장미 한 송이를 안겨 주고 싶었습니다
뒤돌아 사원으로 달려가다가
그사이 당신, 사라져 버릴까 봐
다시 정류장으로…… 범종 소리 울리는 장미 사원으로……

자명종이 또 울렸습니다

그 쥐와 소년과 당신의 눈웃음
머리맡에서 페이드아웃되고 있었습니다

그 지점에서
나는 나의 당신에게
장미 한 송이를 안겨 주었어야 하지 않을까요?

강화 장화리에서

뻘이 낙조를 누운 몸으로 받는다
붉어지는 알몸
저 뻘 속에 심장을 빠트려
뒹굴다가 춤추다가
너와 내가 관능의 촉수를 포개어
마침내 하나의 혀로 남는다면
호오, 불꽃 속의 연꽃이여
목판에 대장경을 새기던 목공의 손가락들
저물녘 소낙비로 쏟아져 내려
타, 타, 타, 탁
우리가 팔만사천 송이 연꽃 중에서
한 획으로 피어날 수 있을까

석양 너머 어스름이 속눈썹 아래로 밀려와
홀연 어둠을 펼쳐 놓을 때

뭉게구름과 소프트 아이스크림

차고 부드럽고 달콤했다. 총각 선생이 우리들에게 건네준 소프트. 사악사악, 녹아 버리기 전에 받아먹어야 할 횃불 모양 소프트. 여중생의 발그스름한 식도를 타고 미끄러질 소프트. 시골에서 갓 올라온 내 손가락 사이를 줄줄 흘러 내리던, 핥아 먹어야 할지 깨물어 먹어야 할지 모를, 야속한 소프트, 무심한 소프트. 구석에 앉아 분홍 구름 한 조각 삼켜 보았는지 기억도 할 수 없는, 생애 첫 소프트. 스카이시티 베이커리 유리 벽 너머, 뭉게구름이 모양을 바꾸고 있다. 그 총각 선생은 어떻게 변했을까? 하아, 아직도 그 소녀는 뭉개진 과자 컵을 들고 제과점 골목을 서성거리고.

한 그루 벚꽃 나무

그는 조용한 이야기꾼
내 안의 계절을 바꿀 수 있는

얼어붙었던 날들
뿌리 끝 생장점에서 끌어올린 분홍 피 돌기
볼긋, 부풀어 입술로 터진다
연분홍 입술 환하게 바빠지면서
부드러운 은유 흐드러지는 밤
머리카락 사이며 속눈썹 그늘이며 겨드랑이며
어둑한 구석마다 꼬마전구를 밝혀 놓고
나는 그의 나라로 들어간다

머리맡 이어폰에서 전자음이 새어 나오는 아침
잠결이었나요? 꿈결이었나요?
쏟아져 내린 이야기꽃잎들 아래 맨살로 누워
새끼손가락 살짝 꺾어 본다

그는 참 무심한 이야기꾼
먼 봄밤 약속을 남기고 오래 침묵하는

파린

지친 낙타들 같은 차량 행렬을 내다보며
나는 파린을 상상하네

파린,
은하가 흘러드는 유방 속에서는
파닥이는 열대어들이 유두를 밀어 올리네
자욱하게 피어나는 풋비린내

잿빛 사막의 목마름 속에서
차들은 비상 안구를 껌벅이며 정체 중이네

파린의 긴 목덜미
푸르름 물큰대는 원시림을 부드러이 열어 젖힐 때
솟구쳐 흘러내리는 수액
수줍은 잎사귀에 돋는 물방울들

아직도 아스팔트에는 오아시스가 없네
서둘러 음악을 틀어야겠네

파린,
희열은 내장을 물들이며 온몸으로 타올라
배꼽 아래 부끄러운 곳까지 은하수 고이고
갈증이 빠져나가는 몸속으로
음악은 긴 여운을 남기며 밀려드네

그런데, 당신도
파린을 아세요?

지하철의 요플레 향기

낡은 종이 가방을 뒤적이는 그녀
실성한 머리에는 다닥다닥 꽃 핀을 꽂았다
어디서 났을까
생송이버섯 두 개와 요플레 한 통
요플레는 뚜껑을 열어 허벅지 사이에 끼워 놓고
버섯 두 개는 손바닥 사이에
수리수리마하수리 수리 수리 수리
딱, 부풀어 오른 남자의 그것!
한 개를 요플레 통에 집어넣어 빙그르 돌려 꺼내
대가리를 베어 먹는다 담쏙
한 개는 세로 결결이 찢어
착착 요플레를 묻혀 가며 졸깃졸깃 오래 먹는다
빈 요플레 통에 손가락을 집어넣어 싹싹 돌려
허기를 보태며 빨아 먹을 때
벨이 울렸다
한 남자 승객이 전화를 받는다
생각난 듯 그녀도 전화를 받는다
요플레 통을 귀에 대고 다리를 꼬며 남자 목소리로
#*&하ㄹㅌ*$@빠ㄹㅇe&*$#씨ㅂㅇ*$#머ㄱㅇ%$～

그녀의 가슴속에 코를 박으면
늪에서 발효된 야생의 향기가 날 것 같다

소동파의 돌

하느님은 구름이랑 바람이랑 놀고 계셨네
동파는 애들에게 쑥개떡 나눠 주며 놀았네
애들은 돌멩이 찾아 물속 자맥질하며 놀았네
동파는 돌밭에 누워 발가락 까딱이며 놀았네
애들은 동파에게 돌멩이 갖다주며 놀았네
동파는 늙은 손바닥에 올려놓고 롱 롱* 놀았네
돌멩이는 어린 눈에 아름다운 것들만 모여 놀았네
동파는 부벼 보고 핥아 보고 깨물어 보면서 놀았네
바람은 붉게 우는 구름을 달래며 놀았네
구름은 금세 하얗게 피어나며 놀았네
동파는 한밤중에도 구들장에 누워 놀았네
돌멩이들은 제멋대로 천장을 날아다니며 놀았네
새벽은 여명으로 밤을 밀어내면서 찾아와 놀았네
돌멩이들은 돌연 시 한 줄로 내려앉아 얼음! 했네
빛은 여지없이 어둠을 밝혀 놓으며 땡! 했네
동파는 그 돌멩들 까맣게 잊고 처음부터 놀았네

* 롱: 소동파의 돌을 일명 농석(弄石)이라 부름.

아내는 또 빈 바구니 들고 쑥 들판에 나가 놀았네
나는 하릴없이 상상 놀이나 즐기며 놀고 있네

몽골

태양의 볼과 별의 눈동자를 받은 여자

바람에게는 바람의 길을
물에게는 물의 길을 내어 주는 여자
조랑말처럼 경쾌하고 나의 유년처럼 꾀죄죄한
한 마리, 여자

솔롱고스의 나라에 따라와 일몰을 볼 때마다
색깔이 점점점 흐려지는 여자
지하철에서 엘리베이터에서 심장에 심장을 포개고
단 한 번 파닥이지 않는
한 장, 희미한 여자

나의 품은, 바람이 바람의 길을 내던
물이 물의 길을 내던 최초의 초원이 아니었구나

몽골, 태양의 볼과 별의 눈동자를 받은 여자
보고 싶을 때 언제나 찾아가 볼 수는 없는
처음부터 살았고 마지막에도 살아야 할 여자

그 여자, 여자가 아니라 때 절은 남자였나?

타일랜드 양(孃)

아름다운 타일랜드 양의 허리는
한 줌 척추 뼈다귀
리본을 묶는 일에 사용한다

풍성한 머리채엔 에메랄드 부처의 미소
머리카락 가닥마다 매달린 왕의 보석
차오프라야, 어미의 젖줄은 그녀의 상체에 넘쳐흐른다

젖줄이 끊긴 허리는
리본을 묶는 일에 사용한다

그럼, 그녀의 하체는?

리본 아래로 드리워진 부드러운 아랫배 곡선에
밤마다 내어 걸리는 홍등의 음영
온갖 살색의 아열대 바람 불어와 등불을 끄는 밤, 밤

도대체 어디에서 오는 것이냐
타일랜드 양의 아름다움은

내부순환로

사람들 머리 위에
내부순환로를 올려놓았다
내부순환로라
번득이는 재규어들이 검은 바퀴를 달고
흰 꼬리를 휘날리며 질주한다
꼬리에 꼬리를 물고 내달리다 보면
그림동화에서 보았던
철제 버터가 되어 버리는 건 아닐까
그런데, 왜?
순한 어머니가 캐내던 바알간 고구마가 생각날까
그 속살을 먹고 속까지 말갛던 굼벵이가 생각날까
혹, 모를 일이다
어느 날 퇴근 시간을 잡아
내부를 향해 무한 질주하다 보면
날 선 시간들은 모르게 녹아내리고
순환의 어느 시공에 다른 빛이 있어
그
언덕배기 황토밭과 나의 젊은 어머니와
고구마와 굼벵이가 그대로 있고
내 자리만 비어 있을지

초록뱀
── 나의 집은 오래된 회색 속에 있다

내가 허물로 서 있을 때
초록뱀 한 마리 나를 벗어 놓고 빠져나간다
에스곡선으로 날아가는 처녀비행
눈알을 반득이며 생긋 눈꼬리를 접으며 사라진다
녹음이 달려가는 굴참나무 숲이다

우듬지에오르지마라우듬지에오르지마라
우듬지에오르면태양이아이를불살라먹는대
우듬지에올라가보아우듬지에올라가보아
우듬지에오르면아이가태양을불살라먹는대
올라가보아올라가보아오르지마라오르지마라

태양을 통째로 삼키고 돌아와 버티고 서서
쭈글쭈글 주저앉은 허물 속을 들여다보는
요 녀석, 목덜미를 후려잡고 등짝을 패 줄까
너 없이는 내가 못 산다고 내가 없다고
요 녀석, 굴참나무 숲까지 데리고 들어오면 어쩌냐고

거지

새댁이 늙은 거지에게 밥상을 차려 줍니다
초저녁 쪽마당 평상 위
거지는 고개를 푹 수그리고 밥만 먹네요
참새 너덧 마리 햇득햇득 갸웃거려요
새댁이 빈 밥그릇에 물을 부어 줍니다
밥상 앞에 앉은 채 졸고 있던 거지
먼 길을 온 애벌레처럼 웅크리고 누웠어요
나른한 광년의 침묵이 쪽마당에 내리는 저녁입니다
바람결에 퇴근한 흰 와이셔츠의 남편 왈
서울 시내 다 뒤져도
거지한테 밥상 차려 주는 우렁이 각시는 없을 거야
뉘엿뉘엿 철대문을 빠져나가는 누더기 그림자
새댁의 새가슴을 쓿며 사라집니다
컴컴한 반지하 부엌 석유곤로 위
남편 밥그릇 시동생 국그릇 시누이 수저들
냄비 안에서 떨거덕떨거덕 끓고 있어요
쪽창으로 숨어든 햇볕 한 장
새댁의 발등을 덮고 산란합니다
그날 밤 시누이 시동생 들 키득거리는 소리

신혼 방으로 빠알갛게 건너왔지요

새댁은 잠자리에서도 그 거지가 궁금합니다

1980년대, 백일홍 필 무렵이었지요

꽃 문신 이야기

흰 저고리 옥색 치마 입은 어머니는 우물가 복사꽃 그늘에
서 아들을 눈물로 배웅했었단다. 산골 학교 교장 아버지가
긴 사설 끝에 준 등록금을 안주머니에 고정시키고, 중앙선
열차로 중앙으로 중앙으로 파고들어 청량리역에 내렸더란
다. 두근두근 어둑어둑 성스러운 바오로병원 빌딩을 올려
다보며 홍릉갈비 향기에 눈길 한 번 안 주고 실비 중국집
을 찾아가는데 그런데, 갑자기, 네온사인이 켜지더니 오스
카극장 동시 상영 간판이 옷을 벗더라는구나. 안주머니를
꾹 누르고 침을 꿀꺽 삼켰었다지 아마? 맛맛한 뒷골목을
찾아 극장 왼편 골목으로 접어들었을 때, 아!

환하더란다. 골목 가득 꽃분홍 복숭아꽃 만개했더란다. 놀
다 가세요, 놀다 가세요. 꽃놀이를 모르는 소년의 목덜미에
복숭아 꽃잎 나붓나붓 들러붙어 그만, 얼떨결에, 꽃 문신
을 새기고 말았다는구나.

훗날 빠르게 늙어 버린 소년은 나무 십자가 목에 걸고 전
지가위 하나 들고, 복숭아꽃 가지 부드럽게 잘라 내 복사
꽃 가지를 접목해 주는 원예사가 되었다나 목사가 되었다나,

더러는 성공하기도 하고 더러는 실패하기도 하고 뭐, 그렇다는구나.

싸움닭과 쑥맥

한 낱말의 뜻에 있었다,
난생 첫 뒤잽이의 발단은.

장마가 지나간 한낮 뙤약볕 튀어 오르는 갱변, 교미하는 물
뱀들처럼 뒤엉킨 두 계집아이. 선희의 별명은 싸움닭, 나는
쑥맥. 빙글빙글 돌던 새매와 돌멩이와 패랭이 그 눈부신 구
경꾼들. 시간이 멈춰 버린 귀머거리 들판. 왈칵 마음이 먼
저 엎어져 글썽이는 눈으로 고개를 들었을 때, 보고 말았다.
패랭이꽃 일그러지며 흘러내리는 눈물! 순간, 내 안에서 반
짝이며 말라붙던 이슬방울들.

"하루를 험하게 살문 그날 밤 꿈이 험한 거여." 저녁 아궁
지에 청솔가지 밀어 넣으며 더 이상 말 없으시던 문맹의 어
머니. "그래두 조반은 아침밥이여, 조밥이라구 자꾸 우기잖
여." 불쏘시개처럼 옹크리고 앉아 타는 입술을 혓바닥으로
적시던, 갓 문맹을 벗어난 딸. 한 낱말의 숨은 뜻에 있었다,
내 처음이자 마지막 뒤잽이의 원인은. 선희의 가방 속 도시
락은 늘 흰 쌀밥, 내 책보 속 도시락은 깡조밥.

그때, 내가 먼저 울었더라면
널려 있는 한 낱말을 찾아 한세상 코피 터질
시 쓰는 쑥맥이 못 됐을까?

어떤 봄날

오늘 같은 날
친정집 뜰팡에 앉아 있으면
대낮에도 달콤한 떨림을 느낄 수 있겠네
명마구리 날아드는 처마 저 멀리
늘 말이 없던 앞산을 내다보면
겨울을 깊은 사색으로 통과한 깡마른 참나무들이
천 개의 눈깔만 키우며 서 있네
그런데, 꼭, 오늘 같은 날이면
길게 속삭이며 봄비가 찾아와선
부드러운 혓바닥으로 타액을 흘리며
참나무 각질 구석구석을 핥아 내리는 것이네
참나무는 움찔움찔 가지를 흔들기도 하고
이따금 푸르르 떨기도 하는데
그럴 때면
나는 봄비이거나 참나무로 동화되어 버리네
오늘 같은 날
빈 사무실에 앉아 마른 눈을 감으면
물오른 참나무들이 천 개의 눈깔을 열고

햇이파리를 쏙쏙 내미는 것을
미리 볼 수도 있네

매직 하트

단순한 꽃무늬 지루하게 이어지는 벽이
뒤로
크고 둥글게 깊어지면서
꽃무늬가 꽃으로 피어나는 창궁을 만들어 내는
투시법, 매직 아이

그렇다면,
돌의 피를 태양의 피로 만드는
매직 하트도 있을 법하지 않은가?
그렇다면,
탐하지 않을 수 있을 것인가?

소나기가 대지의 심장을 두드리고 지나간 뒤
돌배나무 드문드문 서 있는 콩밭머리에서, 후끈
올라오던 초혈의 냄새를 기억한다
그때,
조용조용 샘을 안고 숙성하던 한 계집아이
크고 둥글게 깊어지고 있었다

엄지미산 카마수트라

매일 새벽 나는 엄지미산에 올라간다 민망해라 그 노인은 오늘도 밤나무를 끌어안고 아름다운 그 짓을 하고 있다 발기를 꿈꾸는 한 그루라고나 할까 빨간 모자가 지나가는 오솔길, 새들은 이슬을 털며 날아오르고 숲은 함구한다 그 밤나무 듬성듬성 이끼 낀 아랫도리, 여자의 그것이라고는 할 수 없겠다 다문 입술 모양의 오래된 상처 부위, 거무딩딩하다 민망해라 내일도 그 노인은 밤나무를 끌어안고 정진할 것이다 죽은 음경의 봄밤이여 깨어나렴, 햇대가리 밀어 올리며 해는 떠오르고 딱, 딱, 딱, 딱따구리는 금빛 아침을 쪼고 있다.

가을의 안쪽

먼 훗날에 도착한 오래전 햇살이
얇은 날개 위에 파닥입니다
밤나무 껍질에 이마를 맞댄 늙은 밤애기나방
안을 들여다보네요
당신, 머리 가슴 배꼽 생겨나기 전
속속들이 말갛던 애벌레 시절을 기억하십니까
아득한 별에서 떨어진 미확인 돌멩이 같은
밤의 각질을 이빨로 뚫고
보늬의 떫은 내막도 밀고 들어가
생즙 그윽한 가을의 속살을 파먹어 보세요
알몸뚱이 둥글게 말아 고독까지 갉아먹는
아름다운 외톨박이
그리움의 뼛골 검어지는 가을에는

묵화(墨畵)

광장을 건너온 땅거미가
돌의 무릎을 덮었다
먼 별에서인 듯
풀벌레들이 울기 시작한다

썰물에게

그대는 내게서 멀어질수록 푸르렀다
물결무늬 문신을 새겨 놓고
물비늘 뒤집으며 떠나가는 코발트블루의 바다여
나는 주저앉은 뻘밭
잠들지 못하는 바람
내 안의 사해(死海)는 자꾸 달아올라 균열이 가고
잿빛 구멍들 숭숭 뚫린다
왜 화성에는 재 덮인 분화구가 그리도 많았는지
저 갈매기들은 왜 서늘한 균형으로 허공에 떠 있는지
그대는 끝내 모르리
한 큰 슬픔의 개흙 구릉 속에서도
사랑의 기억들은 쐐기풀처럼 살아남는 법
심장을 찌르는 추억을 되새김질하는 기쁨으로
땅거미 내리는 텅 빈 저녁을 견딘다
홀로 뻘 밑에서 나와 뻘 밑으로 들어가는
갯지렁이의 등줄기를 덮는 저 어둠

폐선 한 척 기우뚱
넘어가는 어느 노을녘

비릿한 물머리 들이밀며 들어설 나의 코발트블루 바다여

닻도 없이 마음은

언제나 설레이는 저쪽 바다에 있다

페미니즘과 힘과 평화

신경림(시인)

조명의 특징을 고루 갖추고 있는 시가 바로 시집의 제목이기도 한 「여왕코끼리의 힘」이다.

보아라, 나는 선출된 여왕이므로 곧 법이다
가장 강한 그대는 우리들의 길잡이, 나의 남편이 되어라
선두에 서서 몸 바치는 백척간두의 생
최고의 건초와 여왕의 믿음을 받으라
행여, 그대가 독불장군의 힘을 믿게 된다면
나는 뭉쳐진 무리의 힘을 사용할 것이다
짓밟힌 만신창이로 추방될 것임을 미리 알라
두 번째 강하고 매력적인 당신, 그대는 여왕의 경호원 애인
나의 배후에서 우리들의 길잡이를 견제하라

달콤한 건초와 은밀한 사랑을 받을 것이다
그대 또한 징벌의 본보기가 될 수 있음을 잊지는 말라
부드러운 경고는 두어 번뿐이다
우리는, 씨방을 말리는 건기의 샘을 찾아가는 여정
나의 무리들은 모두 기억하라
한 마리 코끼리의 목숨을 위해서라면
나는 너희들과 함께, 젖줄과 숨줄과 힘줄로 한 덩어리 되어
한 마을을 초토화할 것이다
천둥과 폭풍과 해일을 넘어서는 힘으로
그리하여 우리는, 한 조각 정신의 이탈도 없이
생이 버거운 너무 커다란 몸뚱이를 뚜벅이면서
종족 보존, 그 운명적 목표를 위한 젖샘에 도달할 것이다
그날의 노을은 유독 붉은 핏빛이 아니겠느냐
공룡은 죽고 코끼리는 살아남았느니라

한 무리 사자가 한 마리 코끼리를 어려워한다
온갖 초식동물들이 코끼리와 더불어 한가롭다
　　　　　　　　　　　　　　　―「여왕코끼리의 힘」 전문

　우선 시원스럽다. 자잘한 것들에 구애받지 않는 데서 오
는 힘 같은 것이 느껴진다. 물론 시는 본질적으로 섬세하고
예리할 수밖에 없는 대목이 있다. 다른 사람들이 눈여겨보
지 않는 부분에 천착하는 것이 시의 미덕인 것도 틀림없다.

그러나 이 시의 시원스럽고 힘 있음은 시가 주는 즐거움의 다른 측면을 생각하게 만든다. 이 시가 가진 정서는 우리 시에서는 매우 드문 것이라 말할 수 있다. 화자는 "선출된 여왕" 코끼리이다. 그리고 그를 앞세워 지금 코끼리들은 "씨 방을 말리는 건기의 샘을 찾아가는" 위급하고도 중대한 "여정"에 있다. 그 과정에서 여왕코끼리는 그가 가진 힘을 충분히 활용해야 할 의무와 권한을 느낀다. 그래서 가장 강한 코끼리를 선택하여 남편이요 길잡이로 삼으면서 "최고의 건초와 여왕의 믿음"을 주지만, 오만 방자해질 경우 "뭉쳐진 무리의 힘을 사용"하여 "짓밟힌 만신창이로 추방"할 것임을 경고하기도 잊지 않는다. 그러고는 두 번째로 강한 코끼리를 골라서 애인 겸 경호원으로 삼아 "나의 배후에서 우리들의 길잡이를 견제하"게 하며 "달콤한 건초와 은밀한 사랑을" 보장하지만, 그에게도 징벌의 경고는 잊지 않는다. 이것이 모두 "한 조각 정신의 이탈도 없이 …… 운명적 목표를 위한 젖샘에 도달"하기 위함임은 더 말할 것도 없다. "한 무리 사자가 한 마리 코끼리를 어려워한다/ 온갖 초식 동물들이 코끼리와 더불어 한가롭다"라는 결구는 여왕코끼리의 힘 발휘가 왜 필요하며 그것이 어째서 아름다운가를 암시하면서, 시를 삶의 알레고리로 확대시키고 있다. 말하자면 힘의 구사가 평화와 행복을 위한 것일 때 아름다울 수 있다는 메시지이다.

  이 시의 바탕에 페미니즘이 깔려 있다고 읽는 것도 또

하나의 접근법일 터이다. 그러나 박해와 차별로부터의 해방이라든가 여권 쟁취 같은 일반적인 개념의 소극적·수세적 페미니즘과는 거리가 있다. 이 시에서 페미니즘은 보다 적극적이고 개방적이다. 이 시가 더없이 시원하고 힘 있게 읽히는 것도 그래서일 터이다. 그리고 이것은 잉태와 생산과 육아의 섬세하고도 예리한 과정을 겪은, 시에서는 사상(捨象)된 듯 보이지만, 직접 체험하지 않은 남성으로서는 도저히 얻어 낼 수 없는 상상의 결과물일 것이다. 조명 시의 페미니즘을 보여 주는 작품으로 「난산」이 있다.

> 말랑말랑,
> 연한 정수리부터 빠져나가야 할 세상의 관문 질에,
> 태아는 발부터 밀어 넣다 사타구니에 걸리고,
> 손을 들이밀다 갈비뼈에 걸리며,
> 태반의 늪에 얼굴을 묻고 할딱거리다가,
> 다이빙하듯,
> 다시 두 팔을 모아 힘차게 탈출을 시도해 보다. 휘청,
> 목을 젖히며 튕겨져 나와,
> 어둠 한구석에 웅크리고 주눅 든 주먹을 느릿느릿 빨다가,
> 오랜 시행착오 끝에 통찰의 눈동자가 열려,
> 그 동그란 두개골부터 부드럽게 진입시키는데, 아뿔싸!
> 때를 놓쳐 버린 머리는 점점 굳어,
> 세상과 질과 태아가 동시에 악을 쓰는데도,

문이 열리다 닫히고 열리다 멈추는 바람에, 우불두불,
외계인처럼 일그러진 두상은 기형,
탯줄 끊기자마자,
안에서도 밖에서도 외면당하는 이런 탄생,
도처에 있다.

—「난산」 전문

이 탄생을 곧이곧대로 아기의 탄생에 한정해서 생각하
는 순진한 독자는 많지 않을 것이다. 가령 시나 예술의 난
산을 비유한 것일 수도 있고, 온갖 부분에서의 난산을 상
징한 것일 수도 있다. 그러나 태어남의 어려움과 그 주체에
대한 무한한 존경이라는 점에서 이 시는 본질적으로 페미
니즘을 바탕으로 하고 있을 수밖에 없으며, 그 과정의 실감
나는 표현도 직접 겪어 보지 않고 상상력만 가지고는 얻기
어려운 것들이다. "탯줄 끊기자마자,/ 안에서도 밖에서도
외면당하는 이런 탄생,/ 도처에 있다."라는 결구는 사실을
있는 그대로 쓰고 있는 것처럼 읽힐 수도 있겠지만, 이 표
현 속에 숨어 있는 생명에 대한 무한한 경외와 존중은 이
시의 도처에서 만나진다. 시의 가락에 묻어 있는 낙관주의
도 어쩌면 그의 페미니즘이 건강하고 굴절되어 있지 않고
포지티브한 데서 오는 것이리라. 쉼표만으로 행을 끊으면서
스무 행 가까운 시를 한 호흡으로 끌고 가는 간단한 듯 보
이는 시법도 그의 건강한 페미니즘과 무관하지 않을 것이다.

「모계의 꿈」은 어머니의 양수 속에서 할머니와 어머니를 보는 재미난 구도의 시다.

할머니는 털실로 숲을 짜고 계신다. 지난밤 호랑이 꿈을 꾸신 것이다. 순모 실타래는 아주 느리게 풀리고 있다. 한 올의 내력이 손금의 골짜기와 혈관의 등성이를 넘나들며 울창해진다. 굵은 대바늘로 느슨하게, 숲에 깃들 모든 것들을 섬기면서. 함박눈이 초침 소리를 덮는 한밤, 나는 금황색 양수 속에서 은발의 할머니를 받아먹는다. 고적한 사원의 파릇한 이끼 냄새! 저 숲을 입고 싶다. 오늘 밤에는 어머니 꿈속으로 들어가 한 마리 나비로 현몽할까? 어머니는 오월 화원이거나 사월 들판으로 강보를 만드실지도 모른다. 그러면, 이백여섯 개의 뼈가 뒤틀린다는 진통의 터널, 나는 통과할 수 있을 것이다.

—「모계의 꿈」 전문

"할머니는 털실로 숲을 짜고 계"시고, "어머니는 오월 화원이거나 사월 들판으로 강보를 만드실지도 모"르고, "나는 금황색 양수 속에서 은발의 할머니를 받아먹는다." 탄생과 생명의 신비가 그대로 전달돼 오는 시다. "굵은 대바늘로 느슨하게, 숲에 깃들 모든 것들을 섬기면서"로 자연에 대한 외경을 상기시키고, "오늘 밤에는 어머니 꿈속으로 들어가 한 마리 나비로 현몽할까"로 꿈의 신비를 암시하면서,

자연과 생명과 탄생을 순환론적으로 연결하고 있다. 할머니가 털실로 짠 숲과 어머니가 오월의 화원이나 사월의 들판으로 만드실 강보가 말하자면 "이백여섯 개의 뼈가 뒤틀린다는 진통의 터널"을 "내"가 통과할 수 있게 만드는 힘인 것이다. 그의 페미니즘이 대립적·상대적인 것이 아니고 통합적·수용적이라는 점을 알게 되는 것도 이 시를 읽는 또 다른 재미다.

　조명 시를 읽는 즐거움을 맛보게 해 주는 시는 위에 인용한 시 외에도 한두 편이 아니지만 사나운 파도를 화자로 한 「파도의 진화론」, 몽골 여자에게서 대초원을 유추하는 「몽골」, 사랑을 탐험에 비유한 「사랑, 태고로 가는 꿈」, 여성성을 연금로(鍊金爐)에 비유한 「연금로」 등이 특히 놓쳐서는 안 될 시들이다. 그중에서도 "동해에서"라는 부제가 붙은 「파도의 진화론」은 그의 시의 활기가 어데서 오는가를 단적으로 보여 주는 시다.

　　　그리하여 너의 정수리에서는 해당화가 피어날 것이며
　　　신생의 박동새는 수평선 너머를 노래할 것이다

　　　백두대간의 절벽아!
　　　나는 진화하기 싫어하는 너의 두개골을 때린다
　　　썰물로 억년을 생각하고 밀물로 억년을 달려와
　　　온몸 던져 깨지면서

옳은 진화를 위한 경전을 새기기 위함이다
정지된 살점은 파내고 살아 있는 뼛골은 돋운다
화강암 가슴팍과 흑요암 두개골을 1밀리미터 파는 데
억겁의 생이 돌아간다 할지라도
어제 같은 오늘은 죽은 내일이다

너의 척추에 골반만 한 상실의 구멍이 뚫린다면
연인을 태운 배가 노을을 밀며 들어설 것이다

우리 별의 몸뚱이가 통째로 타오르던 날 있었다
우리 별의 정신이 칠흑 어둠의 냉기로 식어 가던 날 있었다
우리들의 별이 마지막 입김을 하늘로 토하던 날
하늘은 새로운 물질의 비를 내렸다
그때 깊은 상처의 골짜기에 바다가 있었다
누가, 스스로 새로워지는 생명을 잉태하고 낳아서 길렀겠느냐
출렁이는 생명의 품에서 몸을 일으켜
백색 갈기를 세우고 돌진하는 나의 포효는
바다의 사자후가 아니겠느냐

백두대간의 절벽아!
진화에서 밀려난 너의 두개골 가루를 박차면서
아이들은 눈부신 날갯죽지를 펼쳐 해변을 날아오를 것이며
어른들은

발바닥 밑으로 무너져 내리는 모래의 소리를 들을 것이다.
———「파도의 진화론」전문

진화하기 싫어하는 백두대간의 두개골을 때리는 파도가
펼치는 진화론이 이 시의 내용이다. 핵심 메시지는 "썰물로
억년을 생각하고 밀물로 억년을 달려와/ 온몸 던져 깨지면
서" 이것이 "옳은 진화를 위한 경전을 새기기 위함"이라고
외치는 둘째 연에 있다 하겠다. "어제 같은 오늘은 죽은 내
일이다" 같은 아포리즘보다도 "정지된 살점은 파내고 살아
있는 뼛골은 돋운다" 같은 표현이 더 빛나는 점도 주목할
대목이다. 어쩌면 이 시는 그 힘 있는 가락 때문에 남성적
정서의 시로 읽힐 수도 있을 것이다. 그러나 "누가, 스스로
새로워지는 생명을 잉태하고 낳아서 길렀겠느냐/ 출렁이는
생명의 품에서 몸을 일으켜" 같은 표현이야말로 조명 시의
페미니즘의 본질일 수도 있다.

조명은 동시대의 다른 시인이 가지고 있지 못한 정서와
가락을 지닌 시인이다. 그로 해서 우리 시단은 한결 풍성해
질 것이다.

조명

대전 유성에서 태어났다. 중앙대 유아교육학과를 졸업하고
연세대 대학원에서 사회복지학 석사학위를 받았다.
2003년 계간 《시평》에 「여왕코끼리의 힘」 외 5편의 시를 발표하면서 등단했다.
2006년 문화예술위원회 창작지원금을 받았다.

여왕코끼리의 힘

1판 1쇄 펴냄 · 2008년 2월 15일
1판 5쇄 펴냄 · 2014년 1월 28일

지은이 · 조 명
발행인 · 박근섭, 박상준
편집인 · 장은수
펴낸곳 · (주)민음사

출판 등록 1966. 5. 19. 제16-490호
서울특별시 강남구 도산대로1길 62(신사동)
강남출판문화센터 5층 (우)135-887
대표전화 515-2000 / 팩시밀리 515-2007
www.minumsa.com

ISBN 978-89-374-0762-8 (03810)